Helena Pachs

Herr Hund im blauen Janker

Helena Pachs

Herr Hund im blauen Janker

Noch ein Jahr
mit einem Galgo

Bibliografische Information der Deutschen Nationalbibliothek: Die Deutsche Nationalbibliothek verzeichnet diese Publikation in der Deutschen Nationalbibliografie; detaillierte bibliografische Daten sind im Internet über http://dnb.d-nb.de abrufbar.

Pachs, Helena:
Herr Hund im blauen Janker. Noch ein Jahr mit einem Galgo / Norderstedt: Books on Demand 2023.

Umschlaggestaltung: Helena Pachs, BoD.
Herstellung und Verlag: BoD – Books on Demand, Norderstedt.
ISBN: 978-3-75431404-3

www.bod.de

Für Johannes
und für Bruna

Ähnlich

1. September

Über ein Jahr ist es her, seit Herr Hund sich bei mir niedergelassen hat. Er ist fester Bestandteil meines Lebens geworden. Hätte ich nie gedacht, früher, als Ersatzgassigeherin für andere Hunde. Es ist mittlerweile eine feste Beziehung geworden, und jeder hat seine Aufgaben. Er bewacht mich, und ich führe ihn ohne Komplikationen durch unsere zivilisatorische Enge. Kann ich mir ein Leben ohne ihn überhaupt noch vorstellen? Kaum.

Jetzt verstehe ich, warum manche Menschen für ihr Tier alles geben würden, während sie für einen anderen Menschen nicht so opferbereit wären. Ich kann das erst jetzt nachvollziehen, nachdem ich eine solche Bindung eingegangen bin, mehr oder weniger freiwillig. Aber es kommt ja bekanntlich immer so, wie es kommen muss.

Ganz am Anfang sagte einmal eine sehr sympathische Hundehalterin mit einer sehr sympathischen Hündin auf der Hundewiese, dass Hunde ihrem Menschen ähnelten. Die Dame hatte blonde, gewellte Haare. Die Hündin auch. Gut. Sie war ein bisschen mollig. So wie ihr Hund. Nun ja, dachte ich. Zufall. Herr Hund hat kurze Haare und ich auch, okay. Ich bin nicht gerade korpulent, ja. Aber so lange Beine, so schmal und so schnell wie Herr Hund… bin ich nicht und werde ich niemals sein.

Dann las ich in einem Buch – eher zufällig – etwas über Wassermänner, mein Sternzeichen. Ich zitiere wörtlich aus Seite 549, sonst glaubt mir das kein Mensch:
„Sie können hochgewachsen sein, aber so gut wie nie wirken sie mächtig – im Gegenteil: sie sind fast immer schlank, nervös, beweglich, Windhunde, wenn der Vergleich gestattet ist, und keine Bernhardiner."[1]

Charles Dickens in zwei Teilen

Herr Hund ist jetzt ein Poet. Heute lag „Schaffe selbst dir einen Rosenhaag" in seinem Korb. In rotem Leinenbezug.
Ich habe dem Poeten dann „Die Geschichte zweier Städte" von Charles Dickens gegeben, die er bereits im vergangenen Jahr zu konsumieren begonnen hatte. Gefällt mir ohnehin nicht.

---

[1] Ariane: Das große goldene Buch der Astrologie. Erlangen 1984.

Den Buchdeckel mag er besonders gern. Heute begann er am Buchrücken und arbeitete sich langsam zum Block vor, Stück für Stück von der Hochglanzfolie abziehend und ausspuckend, wobei er beim Spucken immer mit dem Kopf wackelte, um das feuchte Stück Karton von seinen Lefzen wegzuschleudern.

Mittlerweile hat er den vorderen Buchdeckel vom Block getrennt. Charles Dickens: Zwei Städte. Zwei Teile. So etwas gibt es nur bei uns.

Frau Hund

15. September

Manchmal ist Herr Hund anders als sonst. Irgendwie auf Krawall gebürstet. Er rennt hierhin und dorthin, ist unruhig. Es war mir lange nicht klar, woran es liegt, bis er sich eines Tages an eben einem solchen Tag versuchte, auf Meika zu steigen (Schäfermischling, Aussiedlerhof, Gassihauptroute).

Diese jedoch war nicht sehr begeistert, schnappte nach ihm und drehte sich weg. Ich setzte meinen Weg fort, nachdem ich ihn einmal gerufen hatte. Schließlich gab Herr Hund auf – ich war auch schon ziemlich weit weg – und kam angerannt, immer noch ganz aufgeregt.

Seither suche ich eine Frau für meinen Hund und erhalte zum Zwecke der Zielerreichung mannigfache Ratschläge. Von „Lass ihn einfach laufen, er findet von selber eine" bis hin zu „eine läufige Hündin wird man niemals frei laufen sehen, weil sie über Kilometer hinweg einen Rüden riechen kann und dann über alle Berge ist", darf ich dankend alles zur Kenntnis nehmen.

Und dann wäre da noch diese wunderschöne junge schwarze Setterhündin, auf die Herr Hund ein Auge geworfen hat. Ihr Herrchen allerdings wacht streng über sie. Kürzlich sind wir stehen geblieben, um die beiden aufholen zu lassen.
Der Mann sah uns an.
„Warten Sie auf uns?"
„Ja. Können wir sie rennen lassen?"
„Bestimmt nicht", war die Antwort. „Sie ist läufig."
„Das ist gerade gut", sagte ich, der Wahrheit verpflichtet. Das war so ziemlich das Falscheste. Denn der Mann bog direkt in einen Feldweg ab und weg war er.

Seither macht er einen großen Bogen um uns. Schade. Ich sag nur: Romeo und Julia.

Es ist ein Dilemma. Aber wir geben nicht auf. Wir probieren es mal auf der großen Hundewiese. Da sind die Leute meistens recht entspannt. Es ist jene, auf der wir die mollige blondgelockte Hündin und ihr Frauchen kennen gelernt hatten. Die Hündin heißt übrigens Wota; vielleicht kommt das von Wotan, dem Göttervater der Germanen? Ob der wohl etwas einrichten kann?

Paul

Seit einigen Jahren haben sich die Dinge in Sachen Namensgebung total verkehrt: Die Kinder heißen Fridolin und Benno, die Hunde Emma und Lotte. Ich habe sogar von einer Hündin gehört, die Gisela heißt, kein Witz. Und ich kenne zwei schwarze Labradorrüden, die beide Paul heißen. Außerdem Paula, eine riesige weiße wunderschöne belgische Schäferhündin.
Dann wäre da noch Baby Willi, der Sohn einer Bekannten, und Terrierrüde Willi, Nachbarhund, Nebengassiroute.
Es soll noch einer schmunzeln, wenn ich meinen Hund rufe. Da weiß man wenigstens, wer gemeint ist!

Großartig

Gestern ist Herr Hund über sich selbst hinausgewachsen.

Wir gingen spazieren, er schlenderte über die Felder, ich drehte mich weg und ging in die andere Richtung, wie immer, damit er mich suchen musste, um zu lernen, dass er auf mich achten und in meiner Nähe bleiben muss. Da trat ich in das Verkaufshäuschen einer Gärtnerei, die mitten in den Feldern ein riesiges Gewächshaus errichtet hat, und bewunderte die schönen Kräuter, die pro Topf für zwei Euro angeboten wurden. Kein Mensch war unterwegs, ich konnte also getrost warten, bis mein Hund mich gefunden haben würde.

Als ich nach einer Weile aus dem Häuschen trat, sah ich eine Hundehalterin mit einem Berner Sennenhund an der Leine, etwa hundert Meter entfernt von mir. Ein zweiter Berner stand etwa dreißig Meter entfernt und machte ein Dreieck mit mir und meinem Hund, den ich links an den Feldern erblickte. Die Hundehalterin rief nach ihrem Hund „Nero"; der jedoch nahm keine Notiz von ihr. Gar keine.

Ich pfiff meinem Hund, der mutig und in voller Geschwindigkeit an diesem Kalb vorbeirannte. Um Abstand von dem Berner zu gewinnen, ging ich ein paar Schritte in die Umfriedung der Gärtnerei. Bei mir angekommen, stellte sich der Hund, der bei mir lebt, sofort neben mich. Ich konnte die Überwindung spüren, die sein Start gekostet hatte. Er hat nämlich Angst vor diesen beiden Bernern. Wir sind ihnen bereits zweimal begegnet und sie haben ihn jedes Mal verfolgt.

Der Berner Senner kam langsam auf uns zu, während sein Frauchen ihn rief. Plötzlich drohte Herr Hund. Er zog die Lefzen hoch und bellte. Dann rannte er frontal auf den Berner zu und schnappte nach ihm. Dieser drehte sich sofort um und rannte nun endlich zu seinem immer noch rufenden Frauchen zurück.

Herr Hund hatte ein Koloss in die Flucht geschlagen! Sofort kam er zu mir zurück und stellte sich wieder neben mich. So beobachteten wir, wie der stattliche Hund nun endlich an die Leine genommen werden konnte.

Dann verließen wir die Umfriedung; ich – stolz wie Bolle – grüßte die Hundehalterin freundlich, und wir setzten unseren Weg fort. Ich bog auf einen Feldweg ab. Als ich das Erlebnis Revue passieren ließ, kamen mir die Tränen. Mein Hund hatte mich soeben vor diesem Kalb beschützt. Dafür war er über sich hinaus gewachsen, hatte sich überwunden. Er hätte für mich gekämpft und auch sein Leben gegeben, wenn es hätte sein müssen. Der andere war doppelt so breit wie er. Dass ein so distinguiertes Wesen es mit einem solchen Koloss aufgenommen hat, nur um mich zu behüten, das ist überwältigend.

Ich hatte die ganze Zeit kein Wort gesprochen. All das hatte nur mit Zeichen und einem intuitiven Verstehen stattgefunden. Mein Respekt vor Herr Hund ist gewachsen. Er ist einfach großartig.

Hundepups

14. Januar

Hundepupse sind besondere Pupse. Sie riechen unglaublich. Während ich diese Zeilen schreibe – ich lüge nicht – liegt Herr Hund vor und unter meinem Schreibtisch und hat bereits drei Pupse gemacht. Das liegt daran, dass er heute so rührend an der Küchentür stand und mich so rührend angesehen hat und dass er zurzeit oft stundenlang alleine ist, weil er nicht immer bei seiner

12

Tagesmama bleiben will, die Gott sei Dank im selben Haus wohnt wie wir. Und es liegt daran, dass ich ihm deshalb nach dem regulären halben noch einen ganzen Kohlrabi gegeben habe. Diesen höhlte er sauber aus und ließ den Strünken liegen. Kluger Hund.

Und jetzt, nach zwei Stunden, suchen sich die Gase ihren Weg in meine Nase. Das reimt sich. Und es stinkt. Gerade habe ich das Fenster geöffnet, woraufhin Herr Hund sich erhoben, geschüttelt und mir einen fragenden Blick zugeworfen hat, wegen der hereindringenden Kälte, jetzt im Januar. Klar, kalte Luft sinkt ab, und er ist halt am Boden. Schließe ich eben das Fenster wieder und öffne die Türe zum Flur. So verdünnt sich das Odeur wenigstens ein bisschen.

Das Interessante an Hundepupsen ist ja, dass sie immer erbärmlich riechen, egal, ob es Kohlrabi- oder Lammfleischpupse sind. Wer einen Hund als Familienmitglied hat, weiß, wovon ich rede. Da hilft nur eins: Ausprobieren. Mein Tipp: Lassen Sie die Finger von größeren Mengen Chinakohl.

Die Ohren in Nachbars Garten

Herr Hund frisst am liebsten, was intensiv riecht. Gouda zum Beispiel, Parmesan, geräucherten Fisch. Die winzigen Lammbröckchen, die ich extra für die Futterumstellung gekauft habe, zählen nicht zu seinen Favoriten: Sie riechen nicht intensiv genug. Viel besser schmeckt ihm dagegen ein getrocknetes Lammohr, das er vor drei Wochen in einer Ecke des Gartens vergraben und dann wieder ausgebuddelt hat.

Vor zwei Tagen sind wir an einem eingezäunten Garten vorbeigekommen. Herr Hund drückte seine Nase schnuppernd durch den Zaun, kratzte mit der Pfote und wollte partout nicht weitergehen. Ich betrachtete die Stelle genauer und fischte aus dem Gesträuch am Boden einer Hecke schließlich ein feucht gewordenes Schweineohr heraus, oh nee.

Jetzt weiß ich, wie getrocknete Ohren aussehen, nachdem sie eine Weile draußen vor sich hingedümpelt haben. Seifige Konsistenz mit haarigem Schimmel. Nichts für meinen Geschmack. Aber Herr Hund war sehr wild darauf. Ich warf das Ohr zurück. Wir sind schließlich gerade auf Lammdiät…

Stubenarrest

22. Januar

Herr Hund hat es sich mit seiner Tagesmutter verscherzt. Auf der Suche nach etwas Essbarem – alles, was raschelt, ist potenziell essbar – hat er sich in ihrem Keller als erstes ein Päckchen Kaffeebohnen geschnappt, dessen Inhalt er vor seinem Nest verteilte. Das nahm sie noch gelassen.

Dann schleckte er in ihrer Küche einen Teller mit Kartoffelpüree leer, was sie zwar auch nicht so toll fand, aber gut, es war ein Rest. Später zog er einen Teller herunter, der auf den Fliesen zerschellte, um das zu fressen, was darauf lag: Ein Stück verspäteter Weihnachtsstollen. Der Stollen wäre ihr egal gewesen, weil auch er ein Rest war. Aber der Teller war ein Verlust.

Als Herr Hund schließlich ihre Radieschen anknabberte, die sie für das Abendessen vorbereiten wollte, war es um den Hausfrieden geschehen.
„Ich finde das nicht mehr lustig", sagte sie zu mir, weil ich mich amüsierte. Mea culpa.

Deshalb hat Herr Hund seit zwei Tagen Tagesmutter-großer-Bogen-Arrest. Er darf überall hin, außer zu ihr.

Ich habe natürlich ein ernstes Wörtchen mit ihm geredet und einen Topf Kartoffeln aufgesetzt, von dem er jetzt immer mal wieder eine bekommt. Manchmal ist er aber auch wie ausgehungert, obwohl er immer dieselbe Menge bekommt! Es sind diese Phasen, in denen er sehr viel rennt, wenn wir unterwegs sind. Gestern hat er ein altes Schweineohr von draußen mitgebracht, aus dem eigenen Garten, wohlgemerkt.

Er hat sich da ein Lager angelegt. Dort gibt es bestimmt auch die Schwinekniescheiben, die er direkt nach draußen trägt, wenn ich ihm eine gebe. Ab und zu liegt ein Knochen mitten im Wohnzimmer, der gut und gerne zwei Wochen Erde, Wind und Wetter hinter sich hat. Mit Rücksicht auf die Lesenden verzichte ich an dieser Stelle auf weitere Illustrationen.

Abstand halten

Manche Menschen lachen nicht, sie blecken die Zähne. Mir ist das lange nicht aufgefallen. Bis ich eines Tages an einem Banner vorbeikam, auf dem ein Hundetrainer mit seinen Schäferhunden abgebildet war.

Er hatte die Hunde im Arm und lachte in die Kamera, wobei seine Zähne komplett zu sehen waren, bis zum Beginn der Backenzähne, womit mir klar wurde, dass der Mensch manchmal nicht so richtig ehrlich ist.

Wenn ein Tier die Zähne bleckt, dann ist die Sache klar. Abstand halten. Wenn ein Mensch die Zähne bleckt, dann ist die Sache ebenfalls klar. Abstand halten. Aber der Mensch tut so, als würde er die Zähne gar nicht blecken, wenigstens nicht so richtig. Er tut, als lächle er, freundlich gesonnen, voller Wohlwollen. Trotzdem spüren alle Anwesenden instinktiv, was gemeint ist: Hier bin ich der Boss. Respektiere das, sonst wird's ungemütlich!

Ich glaube, dass uns die Tiere hier weit voraus sind. Sie sind ehrlich und gerade heraus. Normal eben. Es ist nur der Mensch, der sich so verdreht entwickelt hat. Und wenn dann mal einer vorbeikommt, der von Grund auf ehrlich und authentisch ist, der wird entweder erst bewundert und dann gesteinigt oder gleich gesteinigt.

Nun, ich will nicht übertreiben. Es wird schon seinen Sinn haben, dass hier alles so läuft wie es läuft. Aber dass wir in unseren Hunden so treue Begleiterinnen und Begleiter haben, das hat ganz sicher ebenfalls seinen Sinn. Hunde geben uns all das, was wir von unseren Mitmenschen erwarten, selbst aber nicht zu geben bereit sind: Loyalität,

Opferbereitschaft, Hingabe, Verzicht, Demut, Vergebung, Bescheidenheit, bedingungslose Zuwendung und Gleichmut.

Ich spreche bestimmt vielen Hundehalterinnen und -haltern aus dem Herzen, wenn ich sage: Hunde sind die besseren Menschen!

Behütet

Herr Hund bellt manchmal im Schlaf. Da jagt er vielleicht gerade ein Huhn am Zaun der Schrebergärten oder legt sich mit den Gänsen an, von denen eine immer mit geöffnetem Schnabel hässlich zischend auf ihn zukommt. Zum Glück trennt die beiden ein Zaun. Ich möchte nicht wissen, wie das sonst ausgehen würde. Das kennen bestimmt alle Hundehalter, nichts Besonderes.
Aber manchmal, wenn Herr Hund tief genug schläft, dann macht er: „Pfüüh-hüp, pfüüh-hüp". Es ist so etwas wie Schnarchen durch die Lefzen, und es passiert, wenn sein Maul in seine Unterlage gepresst liegt.

Es ist so beruhigend, seinen Atem vor meiner Schlafzimmertür zu hören. Seitdem er da ist, fühle ich mich so behütet und bewacht. Ich wünsche jedem Menschen dieses Gefühl. Wetten, es gäbe weniger Schlafstörungen?

Flurputzete

Kürzlich beim Gassigehen fand ich in der Nähe eines Waldkindergartens einen gefüllten, plattgedrückten Hundebeutel. Ich sammelte ihn mit einem meiner Beutel ein. Dann lag da noch einer und noch einer. Am Ende waren es zehn gefüllte alte Beutel, die ich eingesammelt hatte.

Später auf einer Wiese lag hinter einem Sonnensitzbänkchen eine in die Erde schon halb versunkene Bierflasche, eine Wurst-Verpackung, ausgeblichene Zigarettenschachteln, ausgedrückte Senftütchen, noch anderer Plastikmüll, mitten auf der Wiese zwei zerfetzte Styroporverpackungen, in denen wohl etwas Essbares gewesen war, Herr Hund jedenfalls inspizierte sie genau. Zu guter Letzt fand ich noch ein Teil einer Plastikplane.

Nachdem ich alles aufgenommen hatte, stopfte ich es in einen Hundetütenmülleimer.

Später auf den Feldern lag ein Stück eines grünen Schaumstoffrohrs, wahrscheinlich eine Verkleidung von einer Maschine? Weiter oben lagen zwei verbeulte Stücke Metall, eines so weit drin im Acker, dass ich es nicht herausfischen konnte.

Auf einer unserer Gassirouten habe ich sogar schon mehrfach Batterien mitten auf der Wiese gefunden. Und auf einer anderen Gassiroute eine Porzellantasse mit dem Logo eines großen, dort ansässigen Unternehmens.

Wo wir gehen und stehen, Herr Hund und ich, stolpern wir über jede Menge Müll. Natürlich kann ich den nicht immer mitnehmen. Manchmal sind es leere Literflaschen. Einmal lag mitten auf der Straße ein halber Hamburger. Ich konnte gerade noch verhindern, dass Herr Hund ihn schnabulierte. Abgelegte Kleidung hab ich auch schon mal gefunden. Na ja.

Früher gab es bei uns die „Flurputzete", zu der sich Freiwillige mit dem städtischen Bauhof zusammengetan haben, um Müll einzusammeln. Anschließend gab es eine Rote Wurst.

Deshalb mein Vorschlag: Flurputzete einmal pro Monat. Für den, der keine Rote mag, gibt es die vegane Variante und die Rote kriegt Herr Hund.

Dann sind alle zufrieden, stimmt's?

Schiller

Gestern hat Herr Hund aus dem Schaffell, das in seinem Nest liegt, einen schmalen Streifen abgerissen, der an den Enden spitz zuläuft.

Spontan legte ich ihm diesen über die Stirn, wo er direkt vor seinen Ohren, mit den Kieferknochen abschließend, zu liegen kam.

Da sah Herr Hund aus, als hätte er eine Schillerperücke ohne Zöpfe auf dem Kopf. Und als ich brüllte vor Lachen (ich weiß, man soll nicht über einen anderen lachen, aber es war einfach zu komisch) und Herr Hund mich anblickte und seine Ohren spitzte, wobei sich die Perücke hin- und herbewegte, da liefen mir die Tränen über das Gesicht. Ich musste an das Postulat denken, das man mir im Studium über die ästhetische Klassik beigebracht hat: Edle Einfalt – stille Tiefe.

Weil die Perücke auf ihrer Unterseite natürlich aus rauledriger Schafhaut bestand, rutschte sie nicht einmal herunter, als Herr Hund sich in sein Nest legte (er hatte wohl die Nase voll von meinem Gelächter), weshalb ich einen erneuten Lachanfall bekam. Die Haare des Fells standen wie eine Gloriole senkrecht von seinem Kopf ab; er sah aus wie ein Löwe mit gestutzter Mähne.

Doch dann rieb Herr Hund seinen Kopf an der Unterlage und streifte die Perücke ab. Der Zauber war vorbei. Aus den Haaren war wieder ein schmaler Streifen Lammfell geworden und Herr Hund sah wieder aus wie ein Galgo.

Ich musste heute Morgen beim Aufwachen erneut kichern und auch jetzt noch, wenn ich daran denke.

Cane rabiatus

20. Februar

Seitdem Herr Hund erkannt hat, dass er groß genug ist, um in meiner Küche den Küchentisch samt den oberen Regalen abzuräumen, ist nichts mehr vor ihm sicher.

Also habe ich kürzlich überlegt, ob ich einen automatischen Türschließer an meine Küchentür einbauen lasse, damit Herr Hund nicht mehr in Versuchung kommt. Dann aber bekam ich ein schlechtes Gewissen – der Arme, den ganzen Tag ohne mich, und dann auch noch eine verschlossene Küchentür. Soll ich ihm einfach eine Schüssel Kartoffeln und einen Kopf Chinakohl hinlegen, damit er sich daraus bedienen kann und somit weiß, dass er immer etwas fressen kann, wenn er will? Ob ich die Küche offen lasse und einfach alles wegräume, damit er dort im Papierkorb stöbern und sich die Zeit vertreiben kann?

Meine Überlegungen nahm ich mit in den Tag, hoffend, dass sich in Bälde eine Entscheidung einstellen würde.

An diesem Tag kam ich erst spät abends heim. Wie üblich begrüßte mich Herr Hund bereits an der Türe zur Garage, wo es – unüblich – verdächtig roch. Er hatte einen großen Haufen hingesetzt. Armer Hund, hat man dich nicht rausgelassen?

Auf dem Läufer oben im Treppenhaus waren merkwürdige Pfotentapper, hell, als wäre Herr Hund im Teig gelaufen. Als ich meine Wohnung betrat und das Licht einschaltete, sah ich eine Mehlspur. Ich ging weiter, Schritt für Schritt, um nicht in das Mehl zu treten und es noch mehr zu verteilen, während es unter meinen Sohlen leise knirschte. Die Spur zog sich von der Küche aus einmal rund um den Esstisch bis hinein in mein Wohnzimmer, in dessen Mitte eine aufgebissene, noch fast volle Fünf-Kilo-Mehltüte lag. Daneben eine leere Dose Hundefutter, die am Morgen noch halb voll gewesen war und ihr zernagter Plastikdeckel.

In der Küche war das kleine fahrbare Küchenregal mit Mehl bedeckt, ebenso die Hundedosen, die verstreut auf dem – selbstredend mit einer dünnen Mehlschicht bedeckten – Küchenboden lagen. Sogar die Teepackungen aus den oberen Wandregalen lagen auf dem Küchentisch. Und von den beiden Bananen neben der Obstschale war jede jeweils einmal angebissen, so, als hätte sich ein Vampir daran versucht.

Kein Wunder. Wer so viel frisst, muss kacken, dachte ich. Die Tagesmama konnte jedenfalls nichts dafür. Sie hatte ihn ganz sicher rausgelassen und auch bei sich gehabt. Und wer frisst muss trinken… Oh je… Ich prüfte meine Vorhänge im Wohnzimmer, jene neben der Terrassentür. Und natürlich. Sie waren nass und es müffelte und ich war stinksauer. Alles in Allem sah meine Wohnung aus, als hätte ein Wilder darin randaliert – und das entsprach ja auch irgendwie den Tatsachen. Eine Galgo-Fachfrau hat mir mit Blick auf die Hasenjagden einmal wortwörtlich gesagt: „Ein Galgo ist ein Killer." Oh, oh.

„Cane" ist das lateinische Wort für „Hund", man hört das immer wieder in Fachkreisen, manche Marken benennen sich sogar danach. „Cane rabiatus" fiel mir jetzt spontan ein, als ich meinen mittlerweile friedlich in seinem Korb ruhenden Hund betrachtete, der meine Aufräum- und Säuberungsarbeiten gelassen beobachtete.

Ein ruhender Galgo strahlt übrigens tiefen Frieden aus, den schönen Kopf gemütlich auf dem gepolsterten Korbrand abgelegt, die sanften Augen wohlwollend auf seinen Menschen gerichtet. Eine Oase der Ästhetik und Sanftmut. Könnten Extreme größer sein…?

An diesem Abend ging ich eine Stunde später als sonst ins Bett. Immerhin wurde ich am nächsten Morgen mit einer gesaugten Wohnung, einem nach Frische duftenden Wohnzimmer, einem mehr als zufriedenen Hund und einer glasklaren Entscheidung für den Türschließer belohnt. Wie simpel das Leben doch sein kann!

Jagd

2. Mai

Herr, hilf! Seit einigen Tagen schlendert mein Hund am Feldweg entlang, biegt dann im 90-

Grad-Winkel ab und schwebt im lockeren Galopp über die zarten Pflänzchen des Winterweizens, die sich nun schon einige Zentimeter aus der Erde herausschoben haben.

Diese Hasen...! Es gibt einfach zu viele Hasenhochzeiten im Frühjahr! Herr Hunds Nase ist vierzig Mal empfindlicher als meine. Er kann gar nicht anders! Soll ich ihn sein Leben lang anleinen oder im Karree einer Hundewiese herumjagen? Sein Leben lang? Nein. Und trotzdem nervt es!

Er hört mich nicht mehr rufen, er hört keine Pfeife und auch nicht mehr seinen Namen. Mal hoch erhoben und mal tief über dem Boden bläht er seine Nüstern – sagt der Fachmann Nasenlöcher und Nasenspiegel? – und steuert zielsicher auf ein Häschen in der Grube zu, das ich dann auch bald rennen sehe, quer in die andere Richtung, Haken schlagend, enge Schleifen drehend, den Hügel rauf, die Futterwiese runter, um meinem Hund zu entwischen, was glücklicherweise stets gelingt. Denn Herr Hund ist mittlerweile fünf Jahre alt und langsamer geworden. Außerdem kann er in vollem Galopp dreißig Kilogramm Körpergewicht so abrupt nicht stoppen. Bei derselben Körperlänge wiegt er das Sechsfache wie ein Hase. Es ist wahr: Ein ausgewachsener Feldhase kann über 70 Zentimeter lang werden. Mein Hund misst 67.

Und dann war da noch die Bäuerin, von der mir ein anderer Hundehalter berichtete. Sie sei ihm nachgelaufen und hätte ihn über die Anleinpflicht während der Vegetationsperiode aufgeklärt. Es sei ja nicht nur sein Hund, sondern es wären hunderte, die ihre Felder vollkackten.
Womit wir wieder beim Thema wären: Wir sind einfach zu viele. Zu viele Menschen, zu viele Hunde, zu viele... aber lassen wir das.

Mein Hund jedenfalls ist eine hundelebenslange Aufgabe. Und wenn er nach ein paar Minuten von seinem Ausflug zurückkehrt, prustend, schnaubend und nass vom Gräsertau, und den Stein aufschlagen hört, der mir vom Herzen fällt, dann frage ich mich, ob er dasselbe auch von mir denkt...

Noch einmal Jagd

Natürlich gibt es Alternativen zur Jagd. Manchmal schnappt sich Herr Hund eine aus festen Schnüren zusammengeknotete Schleuderpuppe und wirft sie durch die Luft. Meinen Stoff-Gorilla hat er auch konfisziert und zerrt und schüttelt ihn knurrend durch die ganze Wohnung und den Garten. In diesem hat er am Zaun ein Loch gebuddelt, das mittlerweile fast so groß ist wie er selbst. Den Jagdtrieb ausleben? Man behilft sich…

Apropos Garten. Seine Lammknochen frisst er niemals direkt aus der Hand. Sie werden ordnungsgemäß in einer Blechwanne vergraben, bis sie so richtig stinken und voll schwarzer Erde sind, um dann auf meinem Wohnzimmerteppich genüsslich zernagt zu werden und ihr urtümliches Aroma zu entfalten.

Die Blechwanne ist eigentlich als Kürbisbeet gedacht. Früher hatte meine Oma in ihrem Gemüsegarten Gießwasser darin gesammelt. Im letzten Jahr hatte es auch der eine oder andere Kürbis noch geschafft, einen Fruchtkörper auszubilden, bevor Herr Hund die knackigen Blätter vollends abgefressen hatte. Am Ende mussten auch die Kürbisse selbst herhalten.

Während ich diese Zeilen schreibe, schiebt er seine Nase unter mein linkes Handgelenk, so dass ich kaum mehr tippen kann. E i t ku z n ch d i Uh . B imm h   Hung .

Blicke

Die Hunde, lese ich in der Fachliteratur, haben im Laufe ihrer Domestizierung Augenbrauenmuskeln ausgebildet, mit dem sie den sogenannten „Hundeblick" aufsetzen können. Herr Hund beherrscht diese Technik perfekt.
Nach dem Fressen kommt er zu mir und fixiert mich mit den Augen. Wenn ich ihm dann ebenfalls in die Augen sehe, bewegen sich die Muskeln oberhalb und zwischen seinen Augen langsam nach oben, wobei er den Kopf neigt und die bernsteinfarbene Iris jeweils direkt auf mich richtet.

Mit jedem Wort, das ich sage, variiert er seine Mimik, wobei besagte Muskeln sachte zittern und sein Kopf sich kaum merklich neigt, während mein Herz weich und weicher wird…

Manchmal, wenn er tatsächlich noch Nachschlag braucht, kommt einer der Lammknochen aus der Blechwanne zum Einsatz. Ergebnis siehe oben. Mittlerweile habe ich mir deshalb einen Kehrwisch mit festen Kunststoffborsten zugelegt, mit dem ich Knochensplitter, Fleischfasern und Erdkrümel von meinem Teppichboden bürsten kann. Wir sind halt ein gutes Team, mein Hund und ich.

Fünfundzwanzigtausend Euro

Heute Morgen habe ich mir überlegt, dass ein Windhund bei hochwertigem Futter und wenigen Tierarztbesuchen etwa zweieinhalbtausend Euro pro Jahr kostet. Macht fünfundzwanzigtausend Euro, wenn er, sagen wir, mit drei zu einem kommt und mit dreizehn in den Hundehimmel geht. Dreizehn ist ein passables Alter für einen so großen Hund, und wenn man ihn in Ruhe lässt, wenn er nicht mehr fressen will und sich zurückzieht und ihm nicht mit Aufbauspritzen und ständigen Tierarztbesuchen zu Leibe rückt, dann kann er sterben, wie er hoffentlich leben durfte: Selbstbestimmt und frei.

Wo war ich? Ach ja. Bei fünfundzwanzigtausend Euro. Gestern traf ich auf dem Nachhauseweg eine Greyhound-Halterin. Ihr Hund ist ein Import aus Irland, direkt von der Rennbahn. Im Gegensatz zu Herr Hund dreht dieser bei Nieselregen erst richtig auf.
Nach dem Gepard sei der Greyhound das schnellste Tier der Welt. 60 bis 80 km/h. Er verbrauche so viele Kalorien, wenn er renne, dass sie ihn dreimal am Tag füttern müsse. Mit Straußenfleisch. Weil auch er kein Rind verträgt, von den gängigen Futtersorten gar nicht zu reden.

Als Zwei-Stunden-Beschäftigungs-Leckerli nagt er Hirschhaut. Das alles kostet einen Haufen Geld.

Und dann waren wir noch nicht beim Tierarzt, weil der Kot auf Würmer getestet werden muss, mal wieder eine Kralle abgerissen oder die komplette Seite aufgeschürft ist, weil der Kamikazehund volle Lotte über einen Abhang gerannt ist und sich auf dem Asphalt überschlagen hat, bevor er einen Meter lang über diesen dahinschlitterte.

Mittlerweile bin ich ja versiert in der Wundversorgung. Kürzlich hat er sich an der zarten Haut zwischen zwei Zehen an der Pfotenunterseite verletzt. Wunddesinfektionsspray und Betaisodona haben geholfen. Ich war ganz stolz, weil ich ihn nicht zum Tierarzt auf den Schragen zwingen musste, den er absolut nicht leiden kann. Und dann streicheln sie ihm dort immer über den Kopf! Wildfremde Menschen. Was soll mein Hund da denken? Beim letzten Mal habe ich der Ärztin zu Demonstrationszwecken ebenfalls über den Kopf gestreichelt. Das war frech, hat aber geholfen.

Also, jetzt jedenfalls ist es neun Uhr und ich habe gerade an die fünfundzwanzigtausend Euro gedacht – die ich nicht habe – und denke mir, dass ich mit Herr Hund heute eine Stunde früher Gassi gehe, um anschließend etwas mehr Zeit fürs Arbeiten zu haben. Ich gehe also zu ihm, und da liegt er, völlig weggedämmert in seinem Korb wie immer, zwischen Kissen und Lammfell, den Kopf in den Pfühlen vergraben. Als ich näherkomme, öffnete er sein rechtes Auge.

Frohen Mutes rufe ich ihn. Während ich zum Garderobenständer gehe, klappere ich mit dem Leckerlibeutel, den ich mir umschnalle und an dessen Reißverschluss ich nestle, was ihn normalerweise animiert. Nachdem ich meine Jacke angezogen und die Büffelhornpfeife umgelegt habe, sehe ich um die Ecke nach meinem Hund.

Er liegt immer noch im Korb. Jetzt hat er den Kopf gehoben. Sein rechtes Ohr steht senkrecht in die Höhe. Er gähnt und sieht mich an. Ich rufe ihn erneut und öffne mit einer großen Geste den Leckerlibeutel auf meiner Hüfte. Keine Reaktion.

Als ich näher trete und ihm erkläre, dass wir jetzt Gassi gehen, lässt er sein rechtes Ohr wieder hängen und dreht sich genüsslich auf den Rücken, damit ich seinen nackigen Brustkorb kraulen kann, was er besonders gerne mag, den Kopf wohlig in die Kissen vergraben.

Ergo: Heute Morgen fällt der Gassigang aus. Weil ich nämlich jetzt raus muss und für Aufträge sorgen. Sonst war's das mit Lamm und Elch. Dann gibt es nur noch Kartoffeln. Und das ist dann auch wieder nicht recht!

Stehlritze

15. Mai

Kürzlich hat Herr Hund bei seiner Tagesmama eine halbe Packung Emmentaler vom Tisch stibitzt. Sie nennt ihn jetzt „Stehlritze". Ein Neologismus, eine phantasievolle Wortschöpfung, keine Ahnung, woher sie die hat. Na ja, nomen est omen.

Eigentlich hätte er Verstopfung bekommen müssen. Er wiegt achtundzwanzig Kilogramm und frisst hundertfünfzig Gramm Käse! Das ist, als würde unsereins ein halbes Pfund sich einverleiben. In einer Minute. So ziemlich am Stück.

Jedenfalls ist es nochmal gut gegangen. Sehr gut sogar. Herr Hund kaut kein Spitzgras mehr in meinem Vorgarten, das er sonst manchmal zur Verdauung braucht. Na, ja, es heißt ja: „Käse schließt den Magen".

Dafür kratzt er sich neuerdings wieder verstärkt am Ohr, ein sicheres Zeichen dafür, dass er Getreide gefressen hat. Heute Nachmittag fand ich einen großen Kacker voller unverdauter Körner. Er muss einen Meisenknödel erwischt haben. Sag ich's doch!

Heute Morgen ließ ich ihn mit meinen Einkäufen zwei Minuten allein im Auto, weil ich noch Erdbeeren auf der anderen Straßenseite holte. Herr Hunds Platz ist auf dem Rücksitz, mit einem Gitter von den Vordersitzen getrennt, nicht jedoch vom Kofferraum. Als ich zurückkam, hielt er sich gerade an einem Becher Hüttenkäse schadlos.

Und kürzlich hat er auf einem Gassigang einigen Bauarbeitern ein Stück Hähnchen vom Pappteller geklaut. (Ja, ich weiß – Asche über mein Haupt!) Die Jungs nehmen's zum Glück gelassen. Natürlich ist seither an dieser Stelle selbst auferlegte Leinenpflicht.

Erdbeeren mag er übrigens nicht. Filderkraut schon, Blumenkohl und Brokkoli auch, am liebsten gegart. Und Grünen Spargel. Juhu! Dann bleiben für mich die Spitzen!

Mein Hund ist ein Hedonist. So wie alle Galgos. Neben dem erwähnten Hüttenkäse lagen nämlich dicke Kohlrabis. Die rührte er nicht an.

Manchmal trockne ich Lammfleischbröckchen. Das stinkt erbärmlich. Nach Kadaver halt. Ich lege sie in den Heizraum, den ich dann regelmäßig lüfte, während ich die Fleischwürfelchen wende. Mäuse dürfen keine im Raum sein und schon gar keine Fliegen. Ganz zu schweigen von einem Hund.

Wer es nicht glaubt, der betrachte den schönen alten Aktenschrank in meinem Arbeitszimmer, dessen Oberseite ganz am Anfang ein einziges Mal als Trocknungsablage diente. Seine Vorderseite ist zerkratzt. Ich habe die obersten Spuren gemessen. Ein Meter neunundsechzig vom Boden weg. Exakt so hoch wie ich. Da sieht man mal wieder, wie gut wir zusammenpassen, mein spanischer Windhund und ich!

Kalk

Heute habe ich in meinem Keller die Wände mit Kalk getüncht, um Schimmelbildung vorzubeugen. Herr Hund war mir dabei behilflich.

Zunächst begutachtete er die Lage. Er schnupperte ausgiebig an Werkzeugkästen und Kartons, alten Bilderrahmen und Bastelsachen, dem feuchten Lappen und meinen Malerhosenbeinen, dann an Farbeimer und Pinseln. Schließlich stellte er sich zwischen die Wand und mich und wollte gekrault werden.

Mit der triefenden Walze in der Rechten machte ich vorsichtig einen großen Schritt über ihn hinweg, während er ebenfalls einen großen Schritt nach vorne machte, wobei ein kleiner Tropfen Farbe hinunterfiel und genau in der Mitte zwischen Herr Hunds Schulterblättern auftraf. Ich weißelte weiter, um die Farbe von der Walze zu bringen. Dann wischte ich den Tupfer auf dem Fell weg.

Um den Lappen auszuwaschen und wegzulegen, drehte ich meinem Hund den Rücken zu. Als ich mich wieder umgedreht hatte, lehnte er an der Wand und sah mich erwartungsvoll an.

„Ich weiß nicht, ob der Kalk so gut für Dich ist, Herr Hund", sagte ich, schob ihn von der Wand weg und suchte sein Fell ab. Doch die Wand war bereits trocken gewesen, so hatte sein Fell nichts abbekommen. Nur die Spitzen seiner Barthaare waren weiß und ganz steif.

Schließlich war es ihm zu langweilig und er trollte sich, wobei er mit der linken Hinterpfote in einen dicken Klecks trat, bevor er mit gewohnter Eleganz davontrabte und zwei satte weiße Tapser zurückließ.

Hier unten wächst ganz bestimmt kein Schimmel mehr, dachte ich. Und bei so viel hingebungsvoller Unterstützung kann ich seit heute mit Fug und Recht behaupten, dass Herr Hund mir dabei geholfen hat, in meinem Keller Kalk aufzutragen.

Zecken

4. Juni

Eine Zecke hatte Herr Hund bislang erst ein einziges Mal. Sie ließ sich leicht aus seiner dünnen Haut am Bauch entfernen, kein Problem.
Vor einiger Zeit erzählte mir eine Bekannte von Schwarzkümmelöl, das sie selbst täglich einnehme, ich weiß nicht mehr, wofür. Dann las ich in einer Hundezeitschrift über dieses Wundermittel: Es wirke gegen Hecken. Nein, Zecken natürlich, nicht Hecken! (Das H liegt nur schräg neben dem Z auf der Tastatur.) Weil die Wiesen zurzeit so hoch stehen, muss Herr Hund sie regelrecht durchpflügen. Manchmal springt er darin herum wie ein Känguru, es sieht so witzig aus. Also habe

ich Schwarzkümmelölkapseln gekauft. Für mich und für den Hund, der bei mir lebt.

Kürzlich jedenfalls hatte er am Bauch etwas Winziges, Hartes, das ich spontan mit den Fingernägeln herauszog. Es war eine Zecke, aber eine ganz poröse! Ich glaube, sie war schon tot oder beinahe. Jedenfalls rührte sie sich nicht (sonst krabbeln die Beinchen doch so) und hinterließ eine ganz kleine Blutspur auf meinem Finger.

Ich schiebe das auf die Wirkung des Öls. Es hat die Zecke lädiert. Glaube ich. Wenn jemand viel Knoblauch gegessen hat, riecht er ja auch aus jeder Pore. Na ja, wenn nicht, ist es auch okay. Herr Hund bekommt die Kapseln weiterhin, die er im Übrigen fein säuberlich aus seinem Napf herausschleckt. Und das ist immerhin ein gutes Zeichen!

Herr Hund saugt Staub

Als sich Herr Hund ganz frisch bei mir niedergelassen hatte, konnte er den Staubsauger nicht leiden. Er verzog sich mit eingezogener Rute in den Garten und wartete, bis das heulende Ungeheuer aus Ohr und Blick verschwunden war. Doch inzwischen ist Herr Hund arriviert. Heute legte er sich direkt auf den Teppich, als ich gerade dabei war, mit dem Sauger zur Tat zu schreiten. Ich fuhr mit dem Staubsaugerkopf unter die Teppichkante, um die Staubkörner aufzunehmen, die immer durch die Fransen fallen.

Anders als sonst stand Herr Hund aber nicht auf. Stattdessen blieb er liegen und beobachtete, wie sich der Teppich langsam hob und mit ihm seine beiden Vorderpfoten, erst die linke, dann die rechte, um sich anschließend wieder zu senken, erst die linke, dann die rechte, während der Saugerkopf weiterwanderte. Um Herr Hund zu verscheuchen, versuchte ich das Ganze erneut – mit demselben Ergebnis.

Erst, als ich einen Schlenker machte und mit dem Sauger beherzt an ihm vorbeifuhr, machte er einen Satz und verschwand im Wohnzimmer, wo ich ihn knurren hörte. Dann schepperte etwas. Als ich nachsah, steckte der Gorilla mit dem Kopf nach unten im Gestänge meiner Stehlampe. Ich entfernte ihn vorsichtig, damit meine filigrane Leuchte nicht zu Schaden kam.

Einige Zeit später kam ich an derselben Stelle vorbei. Da hatte es den Plüschelch erwischt. Rücklings. Stehlampe. Ein Glück, dass Herr

Hund seine Tiere stecken ließ. Die Leuchte hat nämlich Glasschirmchen, zum Glück dickwandige.

Jedenfalls war ich irgendwann mit dem Staubsaugen fertig. Da kam Herr Hund vorbei. Er hatte gerade im Garten gebuddelt. Er ging in schnurgerade Linie direkt an mir vorüber. Zwischen seinen Pfoten fielen kleine dunkle Klümpchen heraus und blieben auf meinem frisch gesaugten Fliesenboden liegen.

Da habe ich mir gedacht, dass ich auf jeden Fall immer ein Argument habe, wenn es bei mir nicht sauber ist. Ich sage dann, dass Herr Hund sorgfältiger Staub saugen hätte müssen. Und wenn mich jemand verwundert ansieht, behaupte ich im Brustton der Überzeugung, dass seine beiden Pfoten am heutigen Tage direkt auf dem Staubsauger gelegen haben.

Lüftchen

13. August

Gerade kam Herr Hund in mein Büro herein, um nach mir zu sehen. Das macht er immer so, wenn er gefressen hat. Ich fragte ihn dann, ob es geschmeckt habe.

Da hörte ich, wie sich ein Lüftchen aus seiner Speiseröhre den Weg nach oben suchte. Er machte den Hals lang, hob den Kopf, öffnete das Maul; und da kam das Lüftchen auch schon mit einem leisen „Oup" hervor.

Dann drehte er sich um, verließ den Raum und legte sich in sein Nest.

Zurück blieb der Duft nach zerkleinertem Kohlrabi – mit Betonung auf „Kohl".

Raub

16. August morgens

Neben allem Schönen und Lustigen, das sich mit Herr Hund ereignet, gibt es ein paar Dinge, die ich erzählen möchte, um die Freude auf ein realistisches Maß zu senken. Ich möchte davon berichten, was man meiner Ansicht nach wissen sollte, bevor man sich von einem Galgo das Herz rauben lässt.

Das Rauben nämlich geht regelmäßig so:
Der Hund schleicht auf der Vorführwiese des Galgorettungsvereins herum und prüft, ob der ihm aus seinem Vorleben bekannte Aggressor irgendwo zu sehen ist. Er beschnuppert Wiese

und Zaun, pinkelt oder trabt auch mal herum, je nachdem, wer sich sonst noch auf der Wiese aufhält – oft sind es ja mehrere Hunde oder andere Interessenten mit mehreren Hunden.

Bei all dem bewegt sich sein bisweilen arg malträtierter, oft vernarbter, struppiger, fast immer abgemagerter Körper mit federleichter Eleganz, die zarten Ohren am Kopf angelegt, in ihrer Form an Rosen erinnernd.

Ein Ruf von jemandem von irgendwo, ein Bellen aus der Hundeanlage, und er hebt seinen Kopf, stellt die Ohren und sieht – trotz allem – aus, als wäre er soeben dem Ausstellungskatalog eines enorm talentierten Bildhauers entstiegen.

Bleibt man nun einige zehn Minuten oder länger und tut recht uninteressiert, versucht weder, die Hunde mit Blicken zu fixieren noch gar, sie zu streicheln, kommt einer der Galgos irgendwann her und stupst einen mit dem sachtesten Stupser, den die Welt bis dahin erlebt hat, am Knie, am Handrücken, am Oberschenkel. Streckt man nun langsam, ganz langsam seine Hand nach ihm aus, macht er einen kleinen Ausweicher, der einem den Schrecken über die eigene Unachtsamkeit in die Brust treibt. Dann sendet der Hund einen Blick aus den sanftesten Augen, die einem je begegnet sind, um sich langsam, ganz langsam mit gesenktem Kopf zu nähern und sich – wenn man Glück hat – schließlich auch noch streicheln zu lassen.

Können Sie es spüren?

...

Ja?

Gut. Denn genau so ist es. Es ist immer so.

Anders gesagt: Wer in diesem Moment nicht voll und total gegen Hunde ist und zuhause bereits zwanzig Katzen und fünfzehn Kanarienvögel hat oder über eine tödliche Hundehaarallergie verfügt und gleichzeitig sein Herz nicht in einem undurchdringlichen Atombunker auf einer einsamen Insel im ewigen Eis von Grönland zwischengelagert hat, dem wird selbiges dahinschmelzen wie Butter in der Sonne, ach, was sage ich, wie ein Eiswürfel in der Sahara um die Mittagszeit.

So viel zum Raub. Nun zu etwas anderem:

Vier Dinge, die man wissen sollte

16. August, später Vormittag

Wir kommen soeben von einem Gassigang, zu dem Herr Hund keine Lust hatte. So etwas kann viele Gründe haben: Zu warm, zu sonnig, zu kalt, zu nass, zu windig, zu ungemütlich, zu müde, zu bequem im Korb, zu bequem auf der Tagesdecke im Bett, zu früh, zu spät, zu uninteressant, war da nicht noch irgendwo ein Knochen? oder ungenügende Tagesform.

Um es gleich vorwegzunehmen, nein, es hilft nicht, den Gassigang stets zur gleichen Zeit zu machen. Zumindest nicht bei uns.

Herr Hund jedenfalls bleibt bei akuter Gassi-Unlust spätestens nach hundert Metern stehen und beobachtet, wie ich weitergehe, nachdem ich die Leine losgelassen habe. Dann dreht er sich um und trabt nach Hause. Schnurgerade und auf dem Gehweg.

Manchmal bleibt er auch unterwegs stehen. Zuerst dachte ich, dass ihn etwas ängstige. Das war wahrscheinlich auch so. Am Anfang. Mittlerweile bleibt Herr Hund auch dann stehen, wenn er eine andere Gehrichtung als die günstigere erachtet.

Zum Beispiel wegen einer Duftspur oder weil er heute Lust auf weites Feld hat.

Es hilft dann nur eines: Warten. Worauf? Bis sich dieser Zustand ändert. Einmal hat das Warten zwanzig Minuten gedauert. Ich habe mich neben ihm an einer Weggabelung auf dem Feld niedergelassen, nachdem ich links in den Schatten abbiegen hatte wollen und er nach rechts in die Hitze, warum auch immer. Als die zwanzig Minuten vorbei waren, trabte er plötzlich weiter, nach links in den Schatten, als wäre nichts gewesen.

Was man also unbedingt wissen sollte: Ein Galgo trifft seine Entscheidung autark. Selbst ob er schmusen will oder nicht, lässt ein Galgo seinen Menschen auf seine diplomatische Weise wissen: Will er es nicht, erduldet er es. Andernfalls drückt er sich an einen. Das sind dann die Herzensmomente. Gibt's bei uns ungefähr zweimal am Tag.

Zweitens also: Galgos haben ein sehr distanziertes Wesen. Und deshalb geht Erziehung nur mit Liebe und Geduld. Alles andere lässt er wie eine demütigende Plage über sich ergehen, weil er das aus dem Leben in Spanien so kennt. Eingezogene Rute inklusive.

Ein Galgo ist ein autarkes Wesen. Wer seinen Respekt erlangen möchte, muss sich entsprechend benehmen. Dafür bekommt er einen Partner, der für ihn durchs Feuer geht.[2] Ich glaube nicht, dass das je bestreiten würde, wer eine solche Verbindung schon erlebt hat.

Und da wären wir auch schon bei Punkt drei: Die meisten Galgos sind traumatisiert, wenn sie hier ankommen, man denke nur an die lange Fahrt nach Deutschland am Ende eines Alptraums, von dem sie nicht wissen, dass er zu Ende ist. Wen es interessiert, was sie erleben, bevor sie hier ankommen, kann sich im Internet auf vielen seriösen Seiten darüber informieren. Das heißt: In den Anfangswochen- und monaten braucht ein Galgo sehr viel Geduld und Liebe, Liebe und Geduld, Liebe, Geduld und, ach ja, bevor ich es vergesse, am wichtigsten: Geduld und Liebe ...

Und das Letzte: Sehr viele Galgos, die bei uns ankommen, haben Blessuren, Narben, Krankheiten oder durch mangelhafte Ernährung während des Wachstums entstandene irreversible Schäden an Knochen und Gelenken. Die Hunde leben damit, keine Frage. Aber man muss sich darüber

---

[2] Vgl. Begegnung mit Berner Sennenhund im Kapitel „Großartig".

im Klaren sein, dass sie hauptsächlich am Anfang sehr viel Aufmerksamkeit auch für ihre körperliche Disposition brauchen.

Die gute Nachricht: Vieles löst sich von allein durch Zuwendung und Wohlwollen, ein geregeltes Leben, gutes Futter und ein eigenes Nest. Ein stinknormaler Alltag wirkt Wunder. Wer Anschluss an einen Galgo-Verein oder andere Halter:innen hat, wird im Austausch super Tipps bekommen, so war es jedenfalls bei mir. Mittlerweile weiß ich, dass ein Krallenabriss kein Weltuntergang ist – obwohl der schon mal richtig bluten kann – und dass es gegen Zecken Globuli gibt. Man muss nicht wegen jedem Pups (eigentlich ist das ein Genitiv: „jedes Pupses". Aber wer sagt das schon?) zum Tierarzt rennen. Herr Hund leckt sich immer mal wieder an einer blutigen Stelle an Läufen oder Pfoten. Und nach zwei Tagen ist die Stelle wieder zugeheilt.

Trotzdem ist es gut zu wissen, dass eine große OP zwei-, dreitausend Euro kosten kann und dass das Hundefutter im Haushaltsbudget eingeplant werden muss. Doch das nur am Rande. Ein vernünftiger Mensch berücksichtigt das, oder? (Wie war das noch mit Eiswürfel und Sahara…?)

Nun. Nach mittlerweile zwei Jahren ist bei uns eine gewisse Gelassenheit eingekehrt. Das heißt, bei mir; denn Herr Hund wusste ja bereits, dass Wundenlecken hilft.

Sternstunden

1. Oktober

Der Sommer ist vorbei. Es war ein heißer, staubtrockener Hasensommer. So oft wie in den letzten Monaten hatten wir die Leine nur ganz am Anfang benutzt, nachdem er bei mir einzogen war. Ich denke, dass es an dem milden Winter lag. Die Hasen konnten sich schon früh und unbotmäßig vermehren und waren kamikazemäßig unterwegs auf ihrer Balz.

Jetzt ist wieder Ruhe im Karton. Herr Hund jedenfalls sucht die Felder ab und findet – nichts.

Und so haben wir wieder Frieden auf unserer Gassiroute. Die ein, zwei sauren Gurken („Der bellt nur bei Ihrem so!", „Merin will nicht schnuppern? Gehen Sie weiter!") ignorieren wir erfolgreich.

Apropos bellen. Die Kleinen haben oft Angst vor den Großen. Und da bellen sie halt. Herr Hund beschnuppert immer wieder andere Hunde. Wenn es sich nicht gerade um einen jungen Rüden handelt – die mag er nicht, was mir genauso gehen würde, wenn ich der Große im Revier wäre – liebe ich diese Begegnungen. Manchmal bekommt Herr Hund einen Schmatz. Und in besonderen Fällen sogar ich. Das sind dann Sternstunden.

Keine Lust zum Aufstehen

2. Oktober

Heute Morgen weckte mich Herr Hund wie immer. Ich hatte aber keine Lust aufzustehen. Immerhin ist heute Sonntag. Ich warf ihm den Zipfel meiner Bettdecke über die Schnuppernase, er gab mir einen nassen Nasentupfer auf das Handgelenk.

„Na gut", sagte ich, „ich komm ja schon", und warf meine Bettdecke zurück.

Da sprang Herr Hund in mein Bett, rollte sich zusammen und drapierte sein edles Haupt auf der zurückgeklappten Bettdecke.

Vorsichtig zog ich dieselbe unter seinem Haupt herfür, deckte ihn und mich zu und schlummerte noch ein halbes Stündchen in seiner geschätzten Gegenwart.

Versuchswiederholung

3. Oktober

Heute Morgen habe ich erneut versucht, ein halbes Schlummerstündchen herauszuholen.

Während Herr Hund mich fixiert, lässt er die Luft zwischen seinen Lefzen hörbar ein- und ausströmen, während er kleine, tänzelnde Bewegungen macht und einen leisen, hohen Ton in den Hohlräumen seines Schädels erzeugt, einen so hohen Ton, dass sich dieser in den Hohlräumen meines Schädels festsetzt, wo er sein Echo im Hinblick auf Intensität, Tonhöhe und Lautstärke zu potenzieren scheint, meine Augen herausquellen lässt und sich anschließend katapultartig durch mein Scheitelchakra seinen Weg ins Freie bahnt.

Zusammengefasst lässt sich konstatieren: Der Versuch, das gestrige Schlummerstündchen zu wiederholen, ist kläglich gescheitert.

Wie weiß Herr Hund, dass heute Montag ist…?

Staubmob

11. Oktober

Heute habe ich abgestaubt. Abstauben ist immer von Niesen begleitet, weil ich eine Staubmilbenallergie habe. Herr Hund betrachtete mich und schnupperte am Staubmob.

„Das siehst du es", sagte ich, im Wohnzimmer bei meinen Büchern angekommen, „wir Menschen haben es nicht leicht", und nieste erneut.

Er spitzte die Ohren und legte den Kopf zur Seite. Da kitzelte ich ihn mit dem Mob am Kopf, woraufhin er mit geschlossenen Augen genüsslich unter diesem hindurchschlich. Anschließend trabte er in den Garten hinaus und jagte einen Brocken Wirsing, der dort noch herumlag.

Als ich später wieder nach ihm sah, lag er in seinem Korb. Auf dem Teppichboden fand ich ein Nest von Wirsingfetzen. Und weil Herr Hund nicht mit dem Staubsauger umgehen kann, übernahm ich diese Aufgabe freiwillig. Schließlich liegt der Teamgedanke im Vordergrund!

Silberblick

Herr Hund liebt es, wenn ich ihn vorne an der Brust kraule. Dann blinzelt er die Augen zu und verdreht sie, bis unter schmalen Schlitzen nur noch das Weiße zu sehen ist. Das sieht vielleicht aus…

Gestern lag er auf dem Teppich und sah mich gespannt an. Ich kraulte seine Brust, woraufhin er an meiner Hand schnupperte und sich dann direkt auf die Seite plumpsen ließ, um mir eine Pfote entgegen zu strecken und gen Zimmerdecke zu blinzeln als gäbe es kein Morgen.

Weil ich mit ihm sprach, blickte er mir dann aber doch in die Augen. Da sah ich, dass Herr Hunds linke Pupille nicht ganz in der Mitte seiner bernsteinfarbenen Iris stand. Ich glaube ja, dass es an dem kurzen Abstand lag, mit dem er mich betrachtete. Jedenfalls sah das zum Schießen aus, der Hund mit Silberblick.
Ich musste lachen. Er hob seinen Kopf und jetzt sah ich, dass seine Zunge seitlich zwischen den Lefzen heraushing. Da war es um mich geschehen. Ich lachte laut, was ihn dazu veranlasste, seinen Kopf schief zu legen, wobei die heraushängende Zunge noch ein bisschen länger wurde. Ich lachte und lachte, während er mich verständnislos ansah, die linke kleine schwarze Pupille ein bisschen weiter nach innen gerichtet als die des anderen Auges.

Plötzlich schüttelte er brüsk den Kopf, packte die Zunge zurück in sein Maul, stand auf und ging davon. Für ihn war die Vorstellung zu Ende. Ich dagegen schmunzle immer noch.

Werte

Vor einer Weile habe ich mir die Show eines Hundetrainers bei einem Streamingdienst angesehen. Dabei ist mir aufgefallen, dass er stets Hunde mit Menschen verglichen hat, und dass er die Tugenden, die er Menschen zudenkt – Geduld, Gehorsam (ist das überhaupt eine Tugend?), Selbstkontrolle – vollumfänglich auf Hunde überträgt, und zwar mit der stillschweigenden Erwartungshaltung, jeder Mensch, der einen Hund bei sich habe, solle diesen gefälligst entsprechend dieser Tugenden erziehen, wenn er in Fachkreisen nicht als asozial oder inkompetent abgestempelt werden möchte.

Glücklicherweise kennt Herr Hund solche Shows nicht. Aber unglücklicherweise habe ich mich in den vergangenen Tagen davon beeinflussen lassen und Herr Hund seither an der Leine hinter mir hergezogen oder mit ihm geschimpft, wenn er nicht ordnungsgemäß an der Leine gegangen oder auf einen Ruf nicht sofort hergekommen ist, dies öfter mal begleitet von einem seufzenden Jogger oder einem schimpfenden Radfahrer.

Heute ist mir aufgefallen, dass ich mich ihm gegenüber in der letzten Zeit wie eine Tyrannin verhalten habe – obwohl er mir das stets verziehen hat und zuverlässig an meiner Seite geblieben ist.

Fazit: Mir ist etwas klar geworden. Nämlich: Was fällt diesen angeblichen Fach- und sonstigen Leuten ein, über Hund und Mensch den Stab zu brechen? Selber voller Hemmungen und eigens erbauten Gefängnissen erwarten sie, dass sich alle anderen ebenfalls hinter diese Mauern begeben! Und viele tun das auch noch, nur weil selbst ernannte Hundeflüsterer („ich halte immer Abstand von fremden Hunden, weil die sofort merken, dass ich sie verstehe") irgendeinen Mist in den Medien verbreiten, der den Tieren jede Würde nimmt!

Ich wünsche jedem sogenannten Fachmann, dass er noch heute in genau dieselbe Sklaverei gezwungen wird, in die er seinen Hund zwingt, damit er am eigenen Leib erfährt, wie sich ein solches Leben anfühlt, in ständiger Gängelei und ständiger Befehlsausführung.

54

Wir Alltags-Hundemenschen haben uns schon so daran gewöhnt, die Tiere zu beherrschen, dass wir es gar nicht mehr für merkwürdig erachten, dass ein Hund seinem Menschen auf Kniehöhe nicht von der Seite weicht, diesen dabei ansieht und jeden kleinsten Befehl sofort ausführt. Was ist das für ein Leben?! Oder ist es gar kein Leben, sondern eine Hölle, in die wir unsere Tiere zwingen, einfach nur, um unsere Eitelkeit zu befriedigen nach dem Motto: Seht her, wie gut mein Hund mir folgt?! Diese Worte, oder so ähnliche, hat der Trainer übrigens tatsächlich von sich gegeben.

Hinzu kommt, dass wir immer noch glauben, unser Hund würde etwas tun, um uns zu ärgern, was uns wiederum in Wut versetzt und bisweilen schlimme Tiraden zur Folge hat. All das ist menschengemacht. Ein Hund tut niemals etwas, um seinen Menschen zu ärgern, niemals! Das kann er gar nicht, weil er dieses Gefühl des Neckens, Ärgerns und der Rachsucht gar nicht kennt. Er versteht auch nicht, warum er angeschrien wird. Er lässt es halt über sich ergehen. Mehr nicht.

Dieses Leiden potenziert sich millionenfach, weil viele denken, es sei richtig, mit seinem Hund so umzugehen. Es wird gar nicht in Frage gestellt, ob es vielleicht doch besser wäre, auch mal den Hund entscheiden zu lassen, wohin der Gassiweg gehen darf. Ist doch wurscht, ob nach links oder rechts. Er will doch einfach nur schnuppern und seine Art ausleben. Er schadet niemandem, er stört niemanden, er kackt in niemandes Garten und er frisst auch kein Kind! Ist doch wahr...!

...

Hugh! Ich habe gesprochen. Das war jetzt echt mal nötig.

Ritual

Herr Hund hat ein neues Ritual: Morgens kommt er an mein Bett getrabt, fiept, stupst mir einen kalten Fleck auf den Arm und krabbelt auf mein Bett, nachdem ich die Bettdecke zurückgezogen habe. Dann drückt er seinen Kopf auf meine Brust und lässt sich den Hals so lange kraulen, bis ihm die Sache zu wackelig wird und er entweder rücklings von der Matratze rutscht oder kehrt macht und hinunterspringt, um sich anschließend ausgiebig zu strecken und sein gekrümmtes Hinterteil an meinem Bettpfosten zu schubbern (was zum Piepen aussieht und das Gestell zum Knarzen bringt) und dann so lange fiepend vor meinem Bett herumzutänzeln, bis ich aufstehe.

Sobald ich das getan habe, trabt er hinaus zu seinem Nest, macht es sich darin bequem und beobachtet, wie ich mich fröstelnd im Schlafi daran mache, sein Fressen vorzubereiten.

Das geht so am Montag, Dienstag, Mittwoch, Donnerstag, Freitag, Samstag und am Sonntag. Und dann fängt es wieder von vorne an.

Grube

27. Oktober

Das Loch am Gartenzaun ist mittlerweile eine tiefe Grube geworden. Sie ist so tief, dass sie zum unteren Zaunende hin zwanzig Zentimeter misst – und dieses ist ja bereits in der Erde. Die Grube ist also richtig tief.

Deshalb füllen wir, die Hausgemeinschaft, diese Grube mit Gartenabfällen. Erst vor zwei Tagen habe ich Laub und Grünschnitt hineingefüllt und festgedrückt, zum vertrockneten spärlichen Heu des Sommers dazu und zu den Gräser- und Blumenabschnitten vom September. Ich habe alles mit meinem festen Wanderstiefel mit Kraft hineingedrückt, damit Herr Hund erkennen kann, dass hier kein Loch mehr ist.

Wie dämlich von mir!

Heute hat Herr Hund in diesem Loch gebuddelt, dass die Büschel nur so flogen. Ab und zu fiepte er, wegen ein paar bedornten Rosenzweigen. Diese hielten ihn aber nicht ab. Er schnüffelte wie wild. Ich glaube, es hat sich ein Igel darin eingenistet.

Deshalb holte ich einen groben Rechen, erklärte Herr Hund, dass er hier nicht buddeln darf, schob die Grube wieder zu, drückte alles fest und stellte einen Blumentrog davor.

Was machte Herr Hund?

Er buddelte direkt daneben weiter, einfach im Winkel von 90 Grad, denn schließlich braucht es für angewandte Mathematik keine Universität. Und dann machte er etwas, was ich noch nie gesehen habe: Er stützte sich mit dem rechten Vorderlauf am Rand des Loches ab, so als hätte er einen Ellbogen, und schob mit der linken Pfote die Erde aus dem Loch heraus.

Das sah erstaunlich aus. Manchmal habe ich das Gefühl, er wäre kurz davor, sich in ein menschliches Wesen zu verwandeln. Es war so cool, wie er die Pfote abgelegt hatte.

Nun. Das Ergebnis waren ein zufriedener Hund und Grasbüschel im Wohnzimmer, geschmückt mit einer Erdkrümelbahn.

Hat man auch nicht alle Tage, einen so kreativen Hund!

Symmetrie

1. November

Herr Hund ist nicht symmetrisch. Das heißt, er ist es schon, er kann aber auch anders.

Manchmal zum Beispiel klappt er sein linkes Auge zu und danach wieder auf, ohne, dass sich das rechte Augenlid auch nur einen Millimeter bewegt.

Heute Morgen hat er sich geschüttelt, aber nur hinten. Haben Sie schon einmal einen Hund gesehen, der nur seinen Bürzel schüttelt? Normalerweise fängt es ja beim Kopf an, durchläuft den gesamten Rumpf, um an Kuppe und Rute zu enden. Der Hund, der sich bei mir niedergelassen hat allerdings, beherrscht auch das Nur-Bürzel-Schütteln in 1A-Qualität! Es beginnt kurz vor der Kuppe und erstreckt sich über die Hinterläufe und die Rute. In einem Affenzahn. Es geht so schnell, dass ich mich frage, woher dieser Rhythmus kommt. Eigentlich ist es mehr ein Zittern, ein Bürzel-Zittern.

Apropos Zittern. Das Jahr neigt sich schon wieder dem Ende. Demnächst muss der blaue Janker wieder her. Frisch gewaschen wartet er in der Hundetruhe auf seinen Einsatz bei Schneematsch und Frost.

Herr Hund und ich, wir sind im dritten Jahr. Er ist jetzt fünfeinhalb; ein nicht mehr ganz so junger Wilder. Er hat so viel Vertrauen aufgebaut, dass ich sogar über ihn drübersteigen kann, wenn er auf dem Boden chillt, ohne, dass er auch nur aufsehen würde. Kein Vergleich mehr zu dem Häufchen Elend der ersten Monate hier in Deutschland.

Und manchmal, wenn er gemütlich in seinem Korb zwischen den Kissen und Decken liegt, den Kopf auf dem weichen Rand aufgelegt, die Pfote lässig daneben drapiert und mich mit seinen klugen Augen beobachtet, dann habe ich das Gefühl, dass er direkt in meine Seele blickt.

Und ich glaube, dass ich da gar nicht so falsch liege.

Unterstand

Dieser Tage hatte es heftig zu regnen begonnen, als wir gerade an einem der Pferdeställe auf den Feldern vorbeikamen. Eine Frau gewährt dort alten Tieren eine Heimat; außerdem steht dort auch ein stattlicher, pechschwarzer Friese, mit dem sie ab und zu ausreitet.

Als es zu schütten begann, fragte ich die ob wir im Geräteschuppen unterstehen dürfen. Sie war gerade am Ausmisten. Als sie bejahte, setzte ich mich auf eines der Geräte und ließ Herr Hunds Leine los in der Annahme, er würde angesichts des Regens bei mir bleiben.

Plötzlich hörte ich eine Katze fauchen. Ich drehte mich um, und da stand Herr Hund vor einem leeren Zwinger, in den sich die Katze geflüchtet hatte, die ihn nun angiftete, während er zu bellen begann. Ich wünschte mir ein Mauseloch, in das ich hätte versinken können, während ich meinen

Hund zu mir rief, der keine Anstalten machte, meinem Rufen zu folgen.

Stattdessen lief er jetzt hinter den Zwinger in den kleinen gemauerten Stall, von wo ich heftige Eselsrufe hörte. Das waren alte Tiere, ich wusste es von der Halterin. Also lief ich rufend meinem Hund hinterher, der wie ein Pfeil an mir vorbeischoss und auf die Koppel hinter dem Stall lief. Ich hinterher, jetzt wirklich verärgert.

Dann machte ich das Bescheuertste, was man in einer solchen Situation tun kann: Ich breitete die Arme aus, so als könnte ich meinen aus der Koppel herauspreschenden Hund daran hindern, erneut an mir vorbeizuflitzen. Inzwischen brüllte ich. Jetzt flog Herr Hund mit Höchstgeschwindigkeit über den angrenzenden Acker, um erneut in einem großen Bogen auf die Koppel zu rennen und wieder zurück. Ich, inzwischen puterrot, sah die Frau neugierig vom Stall herausgucken. Oh Herr, das Mauseloch…!

Als mir klar wurde, was ich falsch gemacht hatte, ging ich einfach weiter, den Feldweg entlang, pfiff und rief meinen Hund. Und siehe da! Er kam angerannt. Wie immer.

Und so bestätigte dieses Lehrstück wieder einmal die alte Binsenweisheit: Dämlich ist in den seltensten Fällen der Hund...

Urlaub

18. Dezember

Herr Hund und ich waren zum ersten Mal so richtig im Urlaub. Fünf Tage am Rhein, auf der deutschen Seite, aber ganz nah am Elsass, so dass wir uns täglich auf die französische Seite wagen konnten, ein Eclair essen (ich liebe das) und auf der Uferböschung spazieren gehen.

Es war himmlisch. Kein Reh, kein Hase, nichts außer Gras und Wasser und ab und zu einem Schiff. Ich glaube, uns sind in den gesamten fünf Tagen auf unseren Gassirouten, die echt lange waren, acht Leute begegnet, davon fünf mit Hund. Das war's.

Herr Hund benahm sich beim Galopp an der Uferböschung vorbildlich. Er stöberte nicht in den Wäldchen, er kam, wenn ich ihn rief und er stürzte sich nicht ins Wasser, was aufgrund der Temperaturen zum sofortigen Gassiende geführt hätte. Sogar beim Mittagessen, als ich in das „Agneau d'Or" einkehrte und ein Rindersteak bestellte, blieb er auf seinem Platz unter dem Tisch liegen und machte keinen Mucks. Ich glaube, er war echt fertig von Wind und Sonne und vom Wasser, das er am flachen Strand hatte jagen wollen und dem er Haken schlagend über den Sand entwischen konnte.

Hexenschuss

28. Dezember

Ursprünglich sollte das Buch ein Jahr umfassen. Nun sind es mehr als zwei geworden. Während ich diese Zeilen schreibe, liegt Herr Hunds Kopf auf meiner Tastatur über den Tasten F1 bis F4, weil er Hunger hat. Wir waren gerade Gassi. Vor ein paar Wochen noch hätte ich mir überlegt, ob ich ihm sein Fressen heute einfach etwas früher hinstelle.

Nun hat sich beim letzten Tierarztbesuch aber herausgestellt, dass Herr Hund in diesem Jahr ein ganzes Kilo zugenommen hat. Ich sag nur: herzerweichende Blicke. Jetzt weiß ich auch, warum er kürzlich nach dem Rennen vor Schmerzen wieder so geschrien hat, dass mir angst und bange wurde. Klar, wer ein Kilo mehr aus dem vollen Galopp mit der Hüfte abbremsen muss, braucht sich nicht wundern, wenn er einen Hexenschuss bekommt. Denn nichts anderes ist es wohl, hat jedenfalls der Physio angedeutet.

Seit einiger Zeit lasse ich also die Kartoffeln weg. Und Abrakadabra, kein einziger Schmerzensschrei mehr nach dem Rennen. Jetzt im Winter sind natürlich auch die Kohlrabis kleiner, das füllt nicht so gut, ich geb's ja zu. Dafür gibt es aber mächtige Chinakohlköpfe, die Herr Hund mit Vorliebe knaspert, bevor er abends ins Bett geht. Mandarinen mag er übrigens auch und getrocknete Datteln. Die gebe ich ihm aber wegen der Säuren sehr sparsam. Irgendetwas finde ich immer für ihn und seinen Galgo-Magen. Der Mensch kann dumm sein, er muss sich nur zu helfen wissen…

Doch wo bleibt nur die Zeit? Herr Hund hat draußen jetzt wieder seinen Pullover an, den ich ihm aus einer Decke genäht habe, und den blauen Janker. Seine Pfoten strotzen vor Dreck, wenn wir heimkommen, und nachts schläft er warm und weich in seinem Bett, mit Zudecke. Das Jahr ist zu Ende. Was für ein Jahr mit Krisen allerorten, vor denen mir meine eigenen Sorgen winzig klein vorkommen. Könnte ich es doch machen wie der Hund, der bei mir eingezogen ist: Das Leben so nehmen wie es ist, ohne Wertung und ohne Grübeln. Aus allem das Beste machen. Was für ein Vorbild sind Hunde für uns Menschen in dieser Disziplin!

Noch bin ich nicht so weit.
Aber ich arbeite daran…

P.S.

Wenn Sie mögen, erzählen Sie mir von sich und Ihrer Galga, ihrem Galgo. Schicken Sie mir Ihre Kritik, Belehrungen oder Fragen, Tipps und Tricks, Ihre Sorgen und Freuden, lustige oder traurige Ereignisse oder einfach das, was Ihnen und Ihrem Hund beziehungsweise Ihrer Hündin gerade so durch den Kopf geht; wenn Sie möchten und wenn es möglich ist, machte ich eine Geschichte daraus. Und falls es sich um Kritik handeln sollte, werde ich in mich gehen und darüber nachdenken.

Meine neue Mailadresse:
helena_pachs@t-online.de

Herzliche Grüße

Ihre

Helena Pachs

Inhalt